El amuleto misterioso

Karin Müller

Con ilustraciones de Beate Fahrnländer

PANAMERICANA
EDITORIAL

Müller, Karin
    El amuleto misterioso / Karin Müller ; ilustrador Beate Fahrnländer ;
traductora María Claudia Álvarez. -- Editora Mónica Laverde.-- Bogotá :
Panamericana Editorial, 2014.
    116 p. : il. ; 21 cm. -- (Literatura juvenil)
    Título original : Das geheimnisvolle Amulett.
    ISBN 978-958-30-4364-2
    1. Novela juvenil alemana 2. Novela de aventuras 3. Novela fantástica.
I. Fahrnländer, Beate, il. II. Álvarez, María Claudia, tr. III. Laverde,
Mónica, ed.
IV. Tít. V. Serie
833.914 cd 21 ed.
A1430503

    CEP-Banco de la República. Biblioteca Luis Ángel Arango

Primera edición en Panamericana Editorial Ltda.,
septiembre de 2014

Título original: *Müller, Das geheimnisvolle Amulett,
2nd volume of the series "Zauberflügel"*

© 2012 Franckh-Kosmos Verlags-GmbH & Co.
KG, Stuttgart, Germany

© 2012 Karin Müller

© 2012 Panamericana Editorial Ltda. por la versión
en español

Calle 12 No. 34-30

Tel.: (57 1) 3649000, fax: (57 1) 2373805

www.panamericanaeditorial.com

Bogotá D. C., Colombia

Editor
Panamericana Editorial Ltda.
Ilustraciones
Beate Fahrnländer
Traducción del alemán
María Claudia Álvarez.
Diagramación
Once Creativo

ISBN 978-958-30-4364-2

Impreso por Panamericana Formas e Impresos S. A.
Calle 65 No. 95-28,
Tel.: (571) 4300355, fax: (571) 2763008
Bogotá D. C., Colombia
Quien solo actúa como impresor.
Impreso en Colombia - *Printed in Colombia*

Un encuentro desafortunado

Aquel día Ana salió de la escuela con mucha prisa porque quería ir a ver a su poni en las caballerizas. ¡Tenía tantas cosas que contarle! Y quizás después podrían emprender de nuevo un vuelo maravilloso, pues como ya no hacían cabalgatas, salían a volar por las nubes. ¡Por las nubes!, y esto en todo el sentido de la expresión. Su poni sabía volar desde aquella noche mágica, cuando la luna iluminó su lomo, y nada volvió a ser como antes. Entonces Ana había

presenciado, llena de asombro, la transforma-
ción de su viejo poni en un caballo alado. A la
pequeña Jule le habían crecido alas de verdad,
era tan increíble que incluso a Ana a veces le
parecía un sueño.

Claro que esto había ocurrido hacía tan solo
un par de días.

Ana pedaleó tan rápido como le fue posible y
casi sin aliento llegó a la entrada del club de

equitación, dejó la bicicleta en el estacionamiento y se dirigió a las caballerizas.

—¡Yuju, Ana! —la saludó Lene, que estaba frente al lavadero para caballos, enjabonando la cola de su poni de entrenamiento. ¡Justo ahora que iba tan deprisa tenía que encontrarse con ella! Hizo como si no la hubiera oído y siguió caminando aprisa hacia las caballerizas donde también estaba Jule desde hacía pocos días.

—¡Ana, espera!

La niña respiró profundamente y se detuvo.

—Hola, ¿qué ocurre? —preguntó de la manera más amable posible.

—Tú eres mi salvación —dijo Lene con voz melosa y pestañeó varias veces de manera exagerada—, ¿podrías enjuagar la cola de mi poni? Claudia prometió ayudarme, pero no la veo por ningún lado y el champú ya hace tiempo que hizo efecto, si lo dejo dos minutos más a Safira se le caerán todos los pelos de la cola.

Ana suspiró indignada, realmente era una exageración.

—¿No lo puedes hacer tú misma? Yo también tengo un poni que atender.

—Eso lo sé, Ana querida, pero también sé que debes ayudarle a Claudia cuando es necesario y, créeme, ahora mismo lo es —le dijo, y le pasó la cola mojada y enjabonada. Ana apretó los dientes para no soltar ningún comentario del cual tuviera que arrepentirse después y agarró la cola que estaba helada.

Entretanto, Safira cambió de posición, dobló una de las patas traseras y con la nalga le dio un brusco empujón a Lene. La espuma de la cola enjabonada le salpicó el pantalón de cuadros y le dejó una mancha. Lene gritó horrorizada. Con dificultad, Ana tuvo que contener la risa.

Detrás de ellas se oyó el sonido de cascos de caballo.

—Hola, Ana, voy a llevar a Belami a pastar y lo recojo más tarde, no tienes que ocuparte de él —dijo una voz.

Era Juliane, quien acababa de trasladar a su poni a esas caballerizas.

—¿Puedo ayudarte en algo?

Ana negó con la cabeza y, sonriendo, los saludó a los dos.

—No, puedo hacerlo sola, pero gracias por preguntar.

Lene refunfuñó entre dientes y se alejó de allí con rapidez, pero pronto recuperó de nuevo el

control, se dio la vuelta y por encima del hombro gritó desde lejos:

—¿Podrías también llevar a Safira a la caballeriza cuando termines? Greta me está esperando en el salón de los jinetes.

—Vaya, tienes una hermosa dueña —susurró al oído de Safira, que dormitaba.

—Por lo menos me da zanahorias naturales.

—Ana escuchó que una voz engreída respondía, y se sobresaltó. Desde aquella noche, cuando la mágica luz de la luna las había iluminado, ella podía entender el lenguaje de los caballos, pero aún no se podía acostumbrar a ello y mucho menos a impertinencias como la que acababa de decir Safira.

—Ten cuidado, hermosa, me pregunto si te gustaría que te dejara acá enjabonada.

—No te atreverías —replicó Safira desconcertada.

—¿Quieres comprobarlo? —respondió Ana, sorprendida de sí misma, mientras quitaba el jabón de la cola de Safira.

—¡No, por favor no! —Safira se dio la vuelta y, asustada, miró a Ana—. Con gusto puedes llevarle a la pequeña Jule una zanahoria… o dos. Yo sé dónde las guarda Lene.

—Eso yo también lo sé —dijo Ana, que empezaba a disfrutar un poco la situación.

Safira seguía desconcertada.

—Me quedaré quieta si usas agua caliente para enjuagar mi cola. ¡Palabra! No me moveré ni patearé, eso lo hago solo porque ella usa agua fría, nunca tiene cuidado cuando lava mi cola y eso es muy incómodo, en especial en invierno.

Ana asintió, conciliadora, y acarició el cuello de la asustada Safira para intentar tranquilizarla.

Soplaba un viento frío y por eso Lene iba a encontrarse con Greta para tomar chocolate caliente pero, además, para evitar que ocurriera lo de siempre: ella sabía muy bien que cuando bañaba a su poni, esta se movía de un lado para el otro hasta dejarla empapada. Y, conociendo a Lene, con seguridad esperaba que a Ana le ocurriera lo mismo, pero eso no sería así pues ahora ella le había tomado la delantera, ya se había ganado la confianza de Safira y sabía por qué se movía así cuando su ama la bañaba.

—Espera, ¡ya vengo! —le dijo Ana a Safira, y fue con un cubo vacío hasta el establo.

En las duchas de los trabajadores había una salida de agua caliente y, aunque era incómodo y pesado llevar un cubo lleno desde allí hasta el lavadero de los caballos, era posible hacerlo. Ana se quejó del peso del agua que se balanceaba en el cubo e intentó salpicar lo menos posible. En todo caso no entendía por qué, en medio del invierno, había que lavar constantemente la cola de un poni si cepillándola con juicio lograba limpiarse muy bien.

Media hora después, en el salón de los jinetes, Greta y Lene se sorprendieron al verla a través de la ventana entrenando con Jule. Trotaba a su lado llevándola de la rienda y esta saltaba algunos obstáculos. Ana empezaba siempre con un poco de trabajo en tierra que le servía de calentamiento a Jule.

En el salón de los jinetes las dos niñas se quedaron boquiabiertas. Desde el picadero Ana saludó a Lene con una amplia sonrisa y levantó el dedo pulgar indicándole que ya había terminado y que todo había salido bien. Su ropa estaba seca y sin manchas de jabón y Ana podría jurar que, al verla, Greta se había atragantado con el chocolate.

* * *

Ana estaba de muy buen humor, pues la pequeña Jule se veía tan saludable y feliz como hacía tiempo no lo estaba. No había tosido ni una sola vez desde que llegó a la caballeriza y ella interpretó esto como una buena señal. Sin embargo, fue cuidadosa con su poni y le permitió ir avanzando despacio, a pesar de que Jule la tentaba a emprender de nuevo un vuelo…

Por otro lado, estaba el misterioso amuleto que había encontrado en el viejo manzano. Ana ya le había contado acerca de él mientras la cepillaba, pero Jule no había podido descifrar de qué se trataba.

—Me parece conocido —le dio a entender a Ana cuando ella sacó la joya que guardaba debajo de su suéter—, mi madre me contó alguna vez acerca de un medallón como ese, pero ya no recuerdo su historia. —La pequeña Jule sacudió, nostálgica, la cabeza—. Fue hace tanto tiempo que lo olvidé, lo siento.

—No importa, ya te acordarás —respondió Ana mientras intentaba esconder su desilusión, y guardó de nuevo la cadena con el amuleto debajo de su ropa para protegerlos de las miradas curiosas. Luego se dirigieron al picadero. La manta se veía un poco tensa sobre las alas de la pequeña Jule, pero si no se sabía lo que estaba escondido debajo, tan solo se veía un viejo poni que con sus patas cortas se esforzaba para no tropezar con las barras de los obstáculos.

—¡Lo estás haciendo muy bien! —le decía Ana, elogiando cada paso—. Este ejercicio te hace bien, te calienta los músculos y te hace más ágil. Ven, vamos a intentarlo de nuevo al trote.

—Como quieras —oyó Ana que decía la voz que ya le era familiar. Imitó con la lengua el sonido de los cascos y la pequeña Jule obedeció y dio inicio a un trote lento. Sin tropezar, lograron dar una vuelta completa a uno de los circuitos de salto.

De repente, alguien vociferó:

—¿Será que por fin podrían dejar de hacer ese ruido al galopar? Vine aquí a cabalgar y no a enojarme aún más después del trabajo. —Un hombre obeso y calvo, que montaba un enorme

caballo hannoveriano de color castaño, pasó trotando con rapidez.

—Perdón —le oyó murmurar Ana al caballo.

—No hay problema —respondieron Ana y la pequeña Jule.

El caballo hannoveriano miró sorprendido hacia un lado, pero su jinete tiró de la rienda con fuerza y le enderezó la cabeza.

—¡Ni más faltaba! —refunfuñó el señor que se puso rojo como un tomate, las venas de la sien se le brotaron y de su frente surgieron gotas de sudor. Ana no lo había visto nunca, parecía ser nuevo allí. Quizás era un jinete invitado que solo usaba el picadero durante el invierno.

—Pues la diversión es otra cosa —murmuró Ana, y la pequeña Jule asintió.

—No te dejes maltratar —susurró Ana mirando hacia donde estaba el caballo y no supo si este la había escuchado, pues en ese momento hacía grandes esfuerzos por resistir la manera como su jinete lo conducía haciendo eses con la rienda, mientras se movía con todo su peso en la dirección opuesta. En lugar de trotar con suavidad, a cada paso el jinete caía con todo su peso sobre la cruz del caballo.

—¡Mi lomo! —se quejó el caballo—. ¿Terminará esto algún día?

El hombre lo golpeó sin consideración con las espuelas y tomó tan corta la rienda, que el enorme caballo casi se tocaba su pecho sudoroso con la barbilla. Entonces, le advirtió en voz baja:

—¡Cuidado! ¡Estoy perdiendo la paciencia!

Ana no pudo soportarlo más.

—Ven, nos vamos —le susurró a la pequeña Jule y, cabizbajas, abandonaron el picadero.

Cuando escucharon el golpe de la fusta sobre la grupa del caballo, Jule se estremeció.

—Conozco ese sonido —le dio a entender a Ana, y ella le acarició el cuello intentando tranquilizarla. En su interior aparecieron de pronto imágenes de una Jule mucho más joven: un muchacho la golpeaba con la fusta para obligarla a cruzar una zanja resbalosa. Luego la escena cambiaba y una persona adulta la azotaba por resistirse a subir a un oscuro vehículo para transporte de caballos.

—¡Ya fue suficiente! —gritó tan fuerte el caballo, que Ana abrió los ojos sorprendida, pero nadie más que ella entendió lo que dijo—. Puedes seguir solo tu camino, con toda tranquilidad.

Justo después se oyó un ruido como el que hace un pesado saco al caer al suelo desde una gran altura, solo que los sacos no se quejan ni maldicen. El caballo relinchó triunfante y la pequeña Jule se sacudió satisfecha.

—Esa fue una muy buena idea de su parte, realmente. Ahora me encantaría volar, ¿y a ti?

Rayos y truenos

Volando sobre los árboles, Ana olvidó temporalmente al hombre obeso. Una paloma curiosa intentó adelantarlas, pero contra el batir de las alas de la pequeña Jule no tenía ninguna posibilidad de lograrlo, así que se devolvió ofendida.

—No te enojes —le dijo Ana con picardía—, al regreso podrás descansar un poco.

La paloma arrulló algo, pero ellas ya estaban muy lejos como para entenderle. Cada vez volaban más alto, los agujeros que había en medio de las nubes les permitían mirar hacia la tierra. Las casas y los campos, cubiertos de nieve, parecían juguetes que alguien había dejado por ahí desperdigados.

—¿Hacia dónde vamos? —preguntó Ana, que disfrutaba del vuelo y de la vista.

A pesar del calor del cuerpo de la pequeña Jule, Ana poco a poco empezó a sentir frío en las piernas y en las nalgas. Solo el medallón que guardaba debajo de su suéter, y que apretaba contra la piel, la calentaba. Ya hacía un buen rato que estaban volando.

—No tengo ni idea —oyó decir a la pequeña Jule—, algo me lleva en esa dirección... veamos qué hay detrás de esas nubes.

Soplaba el viento y el aleteo de Jule lanzaba aire helado hacia Ana quien, temblando de frío, se subió el cuello del suéter y se acercó a su poni. Sintió cómo el amuleto se pegaba a su cuerpo y parecía latir al mismo ritmo de su corazón. Era una sensación extraña, pero agradable.

Un águila marina, que volaba en busca de alimento, se cruzó en su camino.

—No hay nada para comer aquí, ¡fuera! —chilló, mientras volaba en contra del viento que se hacía cada vez más fuerte.

—No queremos tu alimento —exclamó Ana, intentando tranquilizar al águila.

—¡Peligro! —chilló ella, imperturbable, mientras volaba a su alrededor e ignoró lo que la niña había dicho.

Ana miraba fascinada el elegante vuelo de aquella ave majestuosa, pero poco a poco empezó a presentir que algo ocurría.

—Regresemos, Jule —le pidió a su poni.

Frente a ellas se empezaron a acumular nubes

cada vez más oscuras que formaban una especie

de muro que semejaba una cordillera. Ana tenía las manos heladas a pesar de los guantes y ya casi no sentía los pies. Entretanto, sentía el amuleto cada vez más caliente, a tal punto que incluso alcanzaba a ser molesto. Sin pensarlo, llevó las manos al pecho y puso el medallón entre la camiseta interior y el suéter.

Ana sintió que la pequeña Jule detuvo el vuelo durante un instante, suspiró profundamente, su pecho se ensanchó y luego se recogió de nuevo.

—Está bien, tienes razón —la pequeña Jule hizo un giro elegante y dio media vuelta para iniciar el camino de regreso justo a tiempo, pues detrás de ellas algo retumbó con tanta fuerza que del susto Ana estuvo a punto de perder el equilibrio, pero las poderosas alas de la pequeña Jule la sostuvieron y logró sujetarse de nuevo.

En ese momento el medallón se deslizó y volvió a tocar su piel. Ana se asustó, pues otra vez lo sentía muy caliente, y con ambas manos se aferró a la crin de su poni.

—¡Peligro! ¡Peligro! —chilló una vez más el águila marina que apareció de nuevo y las hizo desviar el camino.

—¡Eh! —se quejó Ana, pero en ese momento se oyó el estruendo de un trueno que la interrumpió. Justo allí, en medio de las nubes, donde antes habían estado volando, se vio el destello de un relámpago que buscaba en zigzag llegar a la tierra.

La crin de la pequeña Jule volaba al viento y Ana sintió que, con la descarga eléctrica, los pelos se le ponían de punta. Ahora sí podía decirse que el amuleto ardía sobre su piel.

—¡Date prisa, Jule! —le susurró Ana al oído y tan rápido como le fue posible, la pequeña poni emprendió el vuelo de regreso a casa.

* * *

—¿Qué fue todo eso? —preguntó Ana, asustada, cuando por fin dejaron atrás la tormenta. Extrañamente, con cada aleteo disminuía también el calor del amuleto hasta que lo sintió de nuevo como una joya común y corriente—. Nunca antes había estado en una tormenta como esa en pleno invierno.

Jule resopló y asintió con la cabeza.

—Y seguro nunca así de cerca.

—Pues esta vez ya fue suficiente para mí —exclamó Ana sin dudarlo—, ¿qué buscabas tú allá?

—No lo sé —la pequeña Jule extendió las alas y voló hacia el bosque donde podían aterrizar protegidas, sin ser vistas—, algo mágico me llevó en esa dirección y no pude resistirme.

Ana se mordió el labio inferior, pensativa, y con la mano fría tocó el dije que llevaba en el cuello. Quizás el águila marina, y antes también la paloma, habían querido darle una señal… ¿o serían coincidencias?

Después de aterrizar permanecieron en silencio. Ana tomó la manta que había escondido detrás de un árbol, cubrió con ella a la pequeña Jule y se la aseguró con cuidado, de tal forma que nadie pudiera descubrir sus alas mágicas.

***

Esa noche, Ana estuvo inquieta y tuvo pesadillas. Soñó que el águila marina que habían visto cazaba un ratoncito, pero este lograba escapar y se refugiaba en el árbol hueco de su jardín, donde ella había encontrado el amuleto algunos días atrás.

De repente, era Ana la que perseguía al ratoncito que se deslizaba cada vez más en lo profundo del árbol, hasta llegar a las raíces. En una cueva oscura brillaban dos ojos, como de duende, y una voz le preguntaba:

—¿Qué estás buscando acá?, ¿tienes la llave?, ¿conoces la clave secreta?, ¿tienes una buena razón para estar acá?

Se despertó bañada en sudor, tenía la boca seca y la piyama pegada al cuerpo. Se la quitó, se puso de pie y fue a la cocina a servirse un vaso de agua. Su madre aún dormía, no era extraño, pues eran casi las cinco de la mañana, pero el despertador sonaría en una hora.

Ana sacó del armario una piyama limpia, pero de inmediato la guardó de nuevo y, en lugar de eso, se puso la bata de baño, encendió la lámpara del escritorio y se sentó.

Pensativa, sacó el amuleto del joyero, que guardaba en uno de los cajones, y lo tocó. ¿Qué significado tendrían esos misteriosos símbolos?, ¿de qué material estaría hecho y quién lo habría tallado?, ¿qué relación tendría con su caballo alado?, ¿y por qué se habría calentado tanto durante el vuelo?

A Ana se le ocurrió una idea. Se dirigió al estudio de su madre, en silencio, y encendió el computador. En el buscador de Internet escribió la palabra "Pegaso". Por supuesto, aparecieron miles de páginas relacionadas, pero ninguna con algún indicio que a ella le pareciera útil.

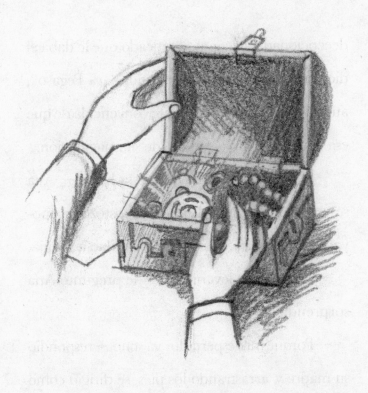

Entonces, lo intentó con las palabras "Pegaso y amuleto". De nuevo, ningún resultado que valiera la pena, esta vez apareció solamente una gran cantidad de publicidad que anunciaba bisutería y juguetes para niños. Luego, escribió la expresión "caballo alado" y se sintió un poco decepcionada al leer el significado que le daba el diccionario: "nombre en español para Pegaso", aunque estaba absolutamente convencida de que esa expresión había surgido de su imaginación.

—¿Qué haces levantada a esta hora? —Ana se sobresaltó. Klara Federlein bostezó y, apoyada en la puerta, miró con curiosidad a su hija.

—¿Por qué te levantaste? —le preguntó Ana sorprendida.

—Porque mi despertador ya sonó —respondió su madre y, arrastrando los pies, se dirigió como cada mañana a la cocina para conectar la cafetera antes de ir a ducharse.

Desconcertada, Ana miró el reloj en la pantalla: indicaba las 6:25 a.m. ¿En realidad había pasado casi una hora y media en una búsqueda inútil? ¡Cielos, tenía que ir al colegio!

—¿Mamá? —caminó detrás de su madre, se detuvo pensativa junto al lavamanos y, mientras quitaba la tapa de la crema dental, le preguntó—: ¿Qué harías tú si no encontraras en internet la información que estás buscando?

Su madre solo sonrió, pues tenía la boca llena de crema y le pareció que se veía como un payaso, pero Ana no estaba para bromas.

—¿Qué harías? —preguntó de nuevo, y presionó el tubo con más fuerza de la habitual.

—¿Intentaste consultar en los libros? —le preguntó la madre—. Son esos objetos rectangulares conformados por hojas pegadas en medio de dos tapas que contienen datos. —Al ver la cara de Ana, agregó amablemente—: En la biblioteca puedes encontrar cosas que no están escritas en ninguna otra parte, mi niña elfo.

Ana se metió el cepillo de dientes en la boca y enojada empezó a cepillarse. ¡Como si no supiera lo que era un libro! Indignada, escupió la espuma en el lavamanos y se enjuagó la boca.

Un libro misterioso

Cuando supo que la última hora de clases había sido cancelada, Ana recuperó el buen humor, pues esto le daba la posibilidad de ir corriendo a la biblioteca pública tan pronto terminara de almorzar en el comedor del colegio. Conocía muy bien la biblioteca, pues casi todas las semanas sacaba uno o dos libros. Le encantaba leer y esto era algo que su mamá sabía muy bien. Sin embargo, debía aceptar un poco en secreto que su madre tenía algo de razón, le había tomado un buen tiempo decidir por sí misma ir a la biblioteca para consultar algo. Por supuesto, conocía las salas donde estaban los libros informativos porque algunas veces había ido allí a consultar sobre equitación o sobre el cuidado de los caballos, pero de eso hacía ya un buen tiempo. Ahora ya era una experta en estos temas y, además, en casa tenía algunos libros propios.

Ana deambuló mientras miraba, indecisa, los estantes de libros. ¿Dónde y cómo empezar la búsqueda? En cada pasillo había un aviso que indicaba el tema de los libros: países lejanos, historia, autoayuda… En algún momento el suelo alfombrado terminó y Ana empezó a caminar sobre un viejo piso de madera. Física, psicología, astronáutica… mitos y leyendas. Ana miró a su alrededor, ¿adónde había llegado? Nunca antes había estado tan lejos en la biblioteca. Era un pasillo poco iluminado, una de las lámparas estaba rota y posiblemente no lo habían notado en semanas. No había nadie allí y daba la impresión de ser un sitio poco o nada visitado. Asímismo, parecía que en mucho tiempo no habían sacado los libros de los estantes. Algunos eran muy gruesos y otros tenían un formato extraño: eran más anchos que altos o tan altos que tenían que guardarse acostados en el estante. Casi todos tenían tapas antiguas, la mayoría de sus lomos estaban manchados y resquebrajados, eran de algún material viejo, o incluso de cuero, y las letras parecían arabescos. Ana no logró descifrar ningún título, ya fuera porque las letras grabadas se habían desvanecido o porque estaban escritos con una caligrafía que ella no conocía. Tomó con cuidado un ejemplar cuyo título decía: *Mitos de la antigüedad clásica*. En la cubierta estaba grabada la imagen de un monstruo con un solo ojo que llevaba en la mano un mazo y tenía las fauces abiertas.

El piso de madera crujió. Rápidamente, Ana puso el libro de nuevo en el estante y en ese momento advirtió un leve movimiento detrás de este, una sombra que fue visible solo durante un instante.

—¿Hay alguien ahí? —susurró. El corazón le latía con fuerza.

Ana llevó la mano hacia el cuello y tocó el amuleto que tenía debajo de la camiseta, lo sentía cálido y eso la tranquilizó un poco. "Es normal que en las bibliotecas las personas anden en silencio, lo hacen para no molestar a los demás y no para acercarse a escondidas a asustar a las niñas", pensó Ana, intentando convencerse a sí misma. ¿Por qué de pronto se sentía tan asustada?

Las tablas que estaban del otro lado de la estantería crujieron de nuevo, aún había alguien allí. ¿Y qué? Definitivamente ella no era la única persona interesada en viejos mitos y leyendas… pero averiguar quién era el misterioso desconocido no estaría nada mal.

Se atrevió a avanzar hasta el final del pasillo en puntillas, se agachó para poder ver por encima de los libros y recorrió con la mirada toda la estantería, pero no había nada. Esto la hizo sentirse algo decepcionada, pero a la vez aliviada.

Soltó el amuleto y en ese momento se dio cuenta de la fuerza con que lo había sostenido. Lo sentía vibrar sobre la piel y también sentía su calor. Lo levantó de nuevo y advirtió en él unos destellos color naranja, le dio la vuelta pero no encontró ninguna explicación para esto.

El medallón parecía actuar como un imán y le señalaba una dirección precisa, Ana no pudo oponer resistencia y, quisiera o no, tomó el camino que le indicó el amuleto, atravesó el pasillo donde antes había oído los pasos y cuando estaba casi en la mitad de este, el amuleto la condujo hacia una colección de libros ubicada en los estantes más bajos. Allí faltaba un tomo y se lo acababan de llevar, pues Ana advirtió que no había polvo en el espacio entre los libros *El bosque de los unicornios* y *Las construcciones secretas de los duendes.* Tragó saliva y quiso encontrar alguna explicación, pero el amuleto no le dio tiempo para pensar, pues de inmediato pareció señalarle el camino hacia la salida.

Sin ninguna dificultad Ana se dejó llevar por la fuerza de atracción que sentía en el cuello, ya que esta área de la biblioteca le parecía inquietante. A toda prisa recorrió el laberinto de estanterías hasta llegar a la sala de lectura donde estaba también la sección de préstamos.

Ana retrocedió espantada y se escondió detrás de un carro de transportar libros que estaba lleno de ejemplares listos para ser ordenados de nuevo en los estantes. ¿Acaso el hombre obeso que estaba en el mostrador no era el mismo que el día anterior había sido arrojado al suelo por su caballo? El hombre se dio la vuelta y Ana se agachó, parecía tener prisa y manoteaba mientras discutía con la encargada de la biblioteca.

—Ese libro no se lo puedo prestar, pertenece a la colección de reserva, solo lo puede consultar acá en la biblioteca. Compréndame, por favor —decía la encargada—, además, primero tiene que registrarse.

La mujer estaba a punto de perder la paciencia, pues el sujeto no quería aceptar que no podía tomar el libro en préstamo. El hombre miró furioso en otra dirección y, por un segundo, su mirada se cruzó con la de Ana. Su reacción fue sorpresiva pues en un instante le arrebató el libro a la encargada y salió corriendo tan rápido, que parecía imposible que alguien como él fuera capaz de correr así. Solo se oyó el golpe de la puerta que se cerró detrás de él.

Ana, sin mirar, tomó el primer libro que encontró a la mano en el carro de libros y se dirigió a la sección de préstamos, donde estaba la señora Mischke, a quien ella conocía bien.

—¿No piensan seguirlo o llamar a la policía? —le preguntó Ana sin rodeos, mientras ponía el libro sobre el mostrador.

—Ay, Ana, ni tú ni yo lograríamos alcanzarlo. Además, es un mamotreto de libro tan viejo que hace ya muchos años que nadie se interesa por él. Que se quede con el libro y sea feliz —dijo la señora Mischke, puso el sello en el libro y de pronto se detuvo y miró sorprendida.

—Dime Ana… —empezó a decir, y le puso el ejemplar con una tapa con diferentes tonos de rosados frente a los ojos—, ¿no estás ya un poco mayor para estos libros infantiles?

Ana leyó en voz alta el título:

—*Estrellita brillante y satinada*. Ay... me encanta la autora —inventó rápidamente, tomó el libro, y luego preguntó—: ¿Qué libro era el que robó el hombre?

—Algunas personas nunca se hacen adultas —respondió la señora Mischke, moviendo la cabeza desconcertada—. Es un libro relacionado con caballos alados.

Ana salió corriendo, en el camino tomó su bolso y su abrigo y abandonó la biblioteca pero, por supuesto, del jinete ladrón no había ningún rastro. ¿A quién se le ocurriría quedarse por ahí cerca acabando de robar algo? Sin embargo, no estaba dispuesta a darse por vencida.

—Querido amuleto, ayúdame por favor —susurró, mientras lo buscaba bajo su abrigo.

En efecto, la joya empezó de nuevo a brillar y a indicarle con fuerza una dirección que ella siguió y en la esquina siguiente dobló. El brillo se hizo más intenso, Ana ya casi estaba sin aliento, pero seguía corriendo. De repente, la atracción disminuyó. Ana se detuvo, decepcionada, y guardó de nuevo el amuleto. No había ningún rastro del hombre obeso. Se dejó caer sobre una banca del parque y tomó aire. En ese momento, sintió un ligero olor a quemado; en el cubo de basura que estaba al lado de la banca algo resplandecía. Se puso de pie de un salto y se asomó.

—¡Oh, no! —exclamó.

En el fondo estaba el libro, o mejor, lo que quedaba de él: un objeto tiznado y ennegrecido por el humo. Ana tomó los restos de nieve que había en un lecho de flores, al lado del cubo de basura, e intentó apagar las brasas. "El ladrón hizo solo la mitad del trabajo", pensó Ana, furiosa, y con la punta de los dedos sacó aquel objeto húmedo y negro.

¿Por qué alguien habría de robarse un libro para quemarlo inmediatamente después?

—Para que nadie más pueda leerlo —se respondió Ana con voz apagada mientras, incrédula, sacudía la cabeza.

Un tesoro carbonizado

Ana iba hacia las caballerizas con el tesoro recién encontrado para mostrárselo a Jule, pero en el camino se encontró con su mamá que la detuvo con asuntos secundarios como las tareas y la escuela, de manera que antes de ir a ver a su poni tuvo que ir a su casa. Por lo menos se alegró al ver que su madre había arreglado la vieja manta de Jule de acuerdo con sus indicaciones: con "ranuras de ventilación", y extrañamente lo había hecho sin preguntar nada.

—¡Mira! —exclamó Ana, alterada, cuando se encontró con su poni—. Esto lo robó el hombre obeso en la biblioteca, luego le prendió fuego y lo arrojó a la basura. ¿Sabes lo que es?

Ana miró a su alrededor y escuchó con atención, al parecer estaban solas. Algunos de los caballos de entrenamiento iban camino a clase y otros dormitaban afuera, en el corral de arena. No se veía a nadie en los alrededores, así que la niña abrió la bolsa plástica y sacó el libro carbonizado.

La pequeña Jule resopló al verlo, ya no era un libro con la forma rectangular habitual, parecía más bien el mapa de un tesoro pirata. Los pelos del hocico y también los labios se le mancharon de hollín.

—¡Apesta! —dijo, y luego retrajo el labio superior y empezó a estornudar.

Justo a tiempo, Ana logró salvar su reciente hallazgo de la explosión de estornudos a la que le siguió un acceso de tos.

—¿Puedes descifrar esto? —le preguntó, al tiempo que señalaba con el dedo índice las letras

(o lo que quedaba de ellas) que estaban grabadas sobre el cuero de la cubierta.

Jule sacudió la crin.

—No sé leer, ¿qué dice ahí? —preguntó, y
tosió de nuevo.

Ana suspiró y bajó los hombros.

—Es escritura antigua. Mi madre me mostró
un día una carta de su abuela que tenía una
letra similar.

—¿Y qué dice ahí?

—Acá falta algo —empezó a decir Ana, y recorrió con el dedo las adornadas letras que ori-
ginalmente tuvieron que haber sido doradas—.
Esto podría ser… "sla" o algo así. Esto de acá es
una "l", esto "llos" y esto quizás "ados". ¿En-
tiendes esto: l… sla… llos… ados?

Jule resopló sobre el libro y Ana estornudó.

—"La Isla de los Caballos Alados", ¡con esto estoy en casa! —exclamó feliz.

—Ahora pienso, ¿cómo es que dices que no sabes leer? —preguntó Ana, incrédula, y siguió la mirada de la pequeña Jule.

Bajo la capa de hollín y ceniza se podía ver la imagen de una isla paradisíaca en las nubes, con caballos alados que dormitaban, pastaban y volaban. La imagen era idéntica a la de aquella visión que Ana vio reflejada en los ojos de la pequeña Jule.

—De pronto este libro nos podría decir en dónde está la isla y cómo podríamos llegar a ella. Jule, ¡estamos a punto de encontrarla!, ¿puedes creerlo?

Llena de ilusión, la pequeña Jule empujó con suavidad el brazo de Ana quien, expectante, tras abrir el libro gimió con decepción. El estado de las páginas interiores no era mejor que el de la cubierta, faltaban hojas y, además, algunas estaban chamuscadas y otras amarillentas y agujereadas.

—¡Faltan hojas, una cantidad de hojas! ¡Este canalla!

El relinchar, seguido del golpeteo de los cascos y de voces humanas, anunció el regreso de los caballos de entrenamiento. Ana cerró el libro de inmediato, lo guardó de nuevo en la bolsa plástica y miró a su alrededor. ¿Dónde podría proteger su tesoro de miradas curiosas?

Rápidamente lo escondió en un rincón de la caballeriza, debajo de virutas y paja. Entonces, haciendo un guiño, la pequeña Jule puso un montón de fresca y humeante boñiga encima.

—Nadie se va a asomar acá voluntariamente, ¡eres genial, pequeña Jule! —exclamó Ana sonriendo y le acomodó la manta a su poni.

—¡Ana! ¡Acá estás! Debí suponerlo. —La fuerte voz de Claudia la hizo sobresaltar.

—Discúlpame, tuve que detenerme en el camino —explicó Ana, avergonzada, y salió de la caballeriza.

Al parecer la cuidadora de caballos había remplazado al señor Donner en la clase de equitación.

—Yo no sé dónde tengo la cabeza con tanto trabajo y tú no tienes nada mejor que hacer que consentir a tu pequeña Jule. En lugar de eso, podrías haber limpiado la caballeriza y haber sacado a Jule a tomar aire, hoy ha tenido una tos muy fuerte.

Ana miró a su poni consciente de su responsabilidad. Con todo el revuelo y la emoción no se le había ocurrido hacerlo, pero Claudia no le dio tiempo para pensar más.

—Por favor, ayuda a las niñas a desensillar a Fenja y a Melody, y limpia los cascos de Bruno, después deja los caballos grandes una hora más en el picadero. Yo voy a ir al establo privado a limpiar las últimas caballerizas. No alcancé a hacerlo, antes de la clase de equitación. Mientras tanto, puedes sacar el heno y preparar el alimento de los caballos, ¿está bien? Y asegúrate de que los niños barran y limpien el pasillo de las caballerizas. ¡Nos vemos ahora!

Ana oyó resignada la cantaleta y un instante después Claudia ya había salido de allí.

—¡Ana! ¿Ya vienes? —exclamó una voz.

Ella suspiró, pasó el cerrojo de la caballeriza y se dirigió rápidamente hacia el lugar de donde provenía la voz. Allí, al lado de Fenja, había una niña intentando mantener el equilibrio sobre una banca y a punto de quedar debajo de una silla de montar.

—¡Espera! ¡Ya estoy acá!

Media hora después, los niños que habían asistido a la clase de equitación salieron del establo en medio de risas, juego y algarabía. Ana respiró profundamente. Por supuesto habían olvidado barrer y limpiar el pasillo de las caballerizas, pero eso no era grave, a ella le encantaba barrer.

Fenja, la yegua aveliñés, golpeaba impaciente la puerta de la caballeriza. Ana la escuchó decir:

—¡Déjanos salir, lo prometiste!

—¡Ya voy, ya voy! —anunció sonriendo, y atravesó con paso firme la caballeriza de Bruno, el poni de las Shetland, que relinchó contento y la siguió hasta el picadero.

—¿Por qué puede salir primero el más pequeño? —refunfuñó Melody de inmediato y empezó a golpear también la puerta de la caballeriza.

—Así no vas a salir más rápido —la reprendió Ana, y le abrió la puerta—, ten un poco de paciencia, por favor.

Por fin estaban todos los ponis afuera y Ana pudo tener algo de calma para preparar las raciones nocturnas de heno y concentrado y para ponerlas en los respectivos comederos. Mientras barría, oyó toser a la pequeña Jule. Era una tos seca y muy fuerte que la hacía estremecer cada vez que la oía. Entonces, decidió que le prepararía una infusión de hierbas y que, además, tendría que humedecer su ración de avena a fin de evitar que siguiera tosiendo. Eso la había ayudado mucho antes. Colgó la escoba en el gancho de la pared y sacó del armario de la despensa varias bolsas de infusión de diferentes hierbas: tusilago, salvia, raíz de malvavisco, llantén y cola de caballo. Puso una cucharada de cada una en un recipiente metálico y se despidió de su poni.

—Voy a calentar agua.

La pequeña Jule no respondió, estaba tendida en el suelo, adormilada sobre las virutas de madera. Ana la miró con preocupación: tenían

que encontrar esa isla y pronto. Por el estado de Jule no parecía que tuvieran mucho tiempo.

Cuando Ana regresaba con la humeante infusión de hierbas se llevó de nuevo un gran susto. ¡La caballeriza de su poni estaba vacía, recién limpiada y con paja fresca y nueva!

Claudia se acercó radiante.

—Terminé temprano al otro lado porque el nuevo empleado ya había arreglado las caballerizas y entonces pensé que te podría ayudar un poco acá. Que estés bien, ya me voy, ¡hasta mañana!

Luego se detuvo un momento y esculcó en el bolsillo de su abrigo.

—Toma, esto es de parte de Juliane por ser tan amable y cuidar con tanto cariño a su poni.

Era una barra de chocolate.

—Sí… gracias —balbució Ana y estuvo a punto de quemarse con la infusión; si no estuviera tan nerviosa por lo que acababa de ocurrir, se habría alegrado mucho con la noticia de Claudia. Entonces, con los dedos temblorosos, puso el recipiente sobre el baúl de los alimentos y guardó la barra de chocolate en el bolsillo, luego corrió hacia la caballeriza y revolvió el suelo con las botas de caucho. Nada, el libro había desaparecido. ¡Otra vez!

La pequeña Jule asomó la cabeza por encima de la media puerta de la caballeriza, al parecer ya se sentía un poco mejor. Claudia la había dejado afuera para que no se comiera toda la ración nocturna de heno.

—No se dio cuenta de nada —le dijo contenta a Ana, quien asumió que se refería tanto a las alas mágicas como al libro. Sin embargo, todavía le temblaban las piernas. Ahora solo faltaba remojar el heno para evitar que la tos empeorara con el polvo que se desprendía, eso era algo que Claudia siempre olvidaba.

—Déjame entrar —le pidió Jule—, y no te preocupes, logré esconderlo y ella ni se enteró.

Con las patas delanteras escarbó en la montaña de heno y allí apareció la bolsa plástica. Ana recuperó el aliento y suspiró aliviada.

—¡Tú eres realmente un poni muy especial! —exclamó, y le dio un efusivo abrazo.

Jule tosió.

Valiente de un momento a otro

Ana miró pensativa a la pequeña Jule, quien en ese momento metió su hocico en el comedero. Le había humedecido el heno con la infusión de hierbas y ahora se sentía un aroma fresco y agradable que se mezclaba con el olor a caballo, avena y manzanas.

—¿Te molesta si te cepillo mientras comes? —le preguntó, y Jule negó con la cabeza. Fue entonces al cuarto donde estaban las sillas de montar y sacó la almohaza, la bruza y el cepillo suave, luego se aseguró de que realmente estuvieran solas en las caballerizas y le quitó la manta. Solo Bepo, el viejo gato, pasó ronroneando junto a las piernas de Ana cuando ella salió a colgar la manta sobre la puerta de salida al corral de arena para que se aireara.

Cuando la estaba cepillando, Ana notó que Jule tenía húmedos el pecho, la cinchera y también la crin y la zona debajo de las alas.

—Estás sudando, ¿tienes fiebre? —le preguntó, preocupada.

Jule siguió chasqueando y masticando su alimento.

—Estoy bien —le oyó decir a esa voz ahora familiar para ella—, no te preocupes.

Sin embargo, Ana no podía evitarlo, pues la veía respirar con dificultad.

—Estás más agitada que siempre —afirmó.

—Todo está bien —insistió Jule—, cúbreme de nuevo, alguien se acerca.

Ana quiso discutirle, pero entonces escuchó pasos que se acercaban con rapidez. Tenía que apresurarse. Fue hasta la puerta, tomó la manta y tiró de ella con fuerza, pero sintió que se había enganchado con algo.

—Justo ahora —exclamó entre dientes y, nerviosa, se asomó a mirar lo que ocurría. Tuvo que agacharse y casi arrastrarse para lograr soltar la correa que se había quedado atrapada en una de las bisagras exteriores de la puerta. Tomó de nuevo la manta, corrió de regreso a la caballeriza y cubrió rápidamente el lomo alado de su poni, quien seguía comiendo plácidamente.

Justo a tiempo.

Cuando estaba ajustando la última correa de la manta por debajo del vientre de Jule, vio al otro lado del pasillo un par de botas de cuero negro y un pantalón de montar con dos piernas gruesas y relativamente cortas. La niña se puso de pie y, con la cara roja por el esfuerzo que acababa de hacer, miró al hombre obeso.

—¿Qué hace acá? —se le escapó a Ana.

—¿Acaso nos conocemos? —preguntó, descortés, el hombre.

Ella se sorprendió. Que el día anterior el hombre no la hubiera visto, era posible, ¿pero acaso solo unas horas antes no se había llevado delante de sus narices el libro misterioso? Al mediodía la había acechado en la biblioteca y a la salida, cuando lo reconoció, él desapareció sin dejar rastro. ¿O no?

—Soy nuevo en estas caballerizas —interrumpió los pensamientos de Ana—. Del club me enviaron para acá, pero parece que la encargada de los caballos ya terminó su jornada de trabajo. ¿Tú eres Ana? Me dijeron que entonces eres tú la encargada. Pero si tan solo eres una niña.

Tomó aire y se limpió el sudor de la frente. Era extraño, pues no hacía calor en las caballerizas.

Ana miró al hombre cada vez más confundida. No entendía qué estaba pasando.

—Bueno —continuó él después de mirarla de arriba abajo con desconfianza y actitud despectiva. Actuaba como si en realidad jamás la hubiera visto antes y parecía muy convincente—, en mi caballeriza falta paja, Pontilas no está acostumbrado a un lecho con poca paja, eso hay que cambiarlo. Y también necesita…

—… algo para el dolor en el lomo. —Ana se oyó a sí misma repitiendo los pensamientos de la pequeña Jule, mientras ella golpeaba furiosa el suelo con una de sus patas delanteras. Ya no había nada que hacer.

—¿Cómo? —dijo el hombre obeso y se paró, amenazante, delante de Ana.

—Su enorme caballo castaño, con el que ayer casi nos atropella, tiene dolor en el lomo —repitió Ana con más coraje del que en realidad sentía y el amuleto que tenía debajo del suéter empezó a vibrar—. Por eso lo tumbó, no para hacerlo enojar, y cuando al trotar usted cae con tanta fuerza sobre el lomo, tampoco mejora las cosas.

—Esto es… —empezó a decir furioso, pero cambió de opinión, dio media vuelta y se marchó—. Espero que lo de la paja se resuelva de inmediato —gritó desde afuera a través de la ventana de las caballerizas y desapareció.

Ana se recostó contra su poni. Le temblaban las piernas, nunca antes se había atrevido a hacer algo así. ¿Qué le había ocurrido? Pensativa, tocó el amuleto y creyó oír la risa de la pequeña Jule, pero a esto le siguió un nuevo acceso de tos.

Ana bajó los hombros.

—Ayer volamos demasiado tiempo, es mi culpa que hoy no te sientas bien.

Jule resopló y luego escarbó en la paja hasta dejar al descubierto el misterioso libro.

—Yo estoy bien, llévate esta cosa de aquí, apesta, y seguramente tú podrás hacer mucho más con ella que yo.

Ana asintió, estaba cansada.

—Solo me falta llevarle a Pontilas su paja. Duerme bien, pequeña Jule, nos vemos mañana.

Al salir pensó que quizás amarraría la bolsa con el libro a la parrilla de su bici, pero no quería arriesgarse a tener más sorpresas, así que arrojó la bolsa sucia a la basura, envolvió el libro en una toalla vieja que tomó del armario y se lo acomodó adelante, en la pretina del pantalón. Con toda la ropa de invierno que llevaba puesta, seguramente no lo notarían y, además, podía estar segura de que nadie lo tomaría sin que ella lo advirtiera.

***

Con gran esfuerzo, y casi dando tumbos, Ana cargó cuidadosamente las pesadas pacas de paja y cuando llegó adonde Pontilas, este estaba asomado a la media puerta de su caballeriza. Sorprendida, miró a su alrededor. En realidad había suficiente paja fresca de visos amarillos y dorados. Una gruesa capa cubría el suelo, así que si el hombre obeso no lo montaba, el caballo tendría sin duda un lecho cálido y suave.

Pero, ¿será que en realidad este hombre quería hacer algo por su caballo?

—Él es un buen hombre —empezó a decir Pontilas de repente, y se dirigió a Ana mirándola de arriba abajo con sus tristes ojos de color marrón.

—¿Sabes que te puedo oír? —le preguntó Ana, desconcertada.

—Eso he sabido —dio a entender el caballo—, además en el picadero te delataste. Gracias por haber abogado por mí, parece que sabes cómo hay que hablar con mi dueño.

—Eh, en realidad no —murmuró Ana, y se ruborizó al recordar la situación que acababa de vivir con él en la caballeriza de la pequeña Jule. Rápidamente cortó las abrazaderas de las pacas a fin de que el animal no notara su vergüenza.

—No creo que haya sido de gran ayuda con lo que dije hace un momento —respondió ella.

—Claro que sí —refutó el caballo—, surtió efecto. Hace unos minutos estuvo acá de nuevo y, por primera vez desde que estoy con él, acarició mi lomo e inmediatamente después llamó por teléfono. Creo que mañana mismo me verá el veterinario.

—Eso me alegra mucho por ti —dijo Ana, y empezó a esparcir la paja en el suelo. Estaba realmente sorprendida.

—Él es un buen hombre —repitió Pontilas—, lo que pasa es que no ve mis cualidades porque extraña a alguien a quien yo no puedo reemplazar. No soy su primer caballo.

Pontilas se asomó de nuevo a la media puerta y Ana se detuvo indecisa.

—Lo siento —dijo en voz baja.

—No hace falta —respondió sin mirarla—, el tiempo me ayudará. Si puedo hacer algo por ti, házmelo saber, pequeña, estoy en deuda contigo.

—Esperemos a ver cómo sigue tu dolor en el lomo —dijo Ana, y recogió las cuerdas que sujetaban las pacas de paja. Pensativa, retrocedió un poco.

Se alegraba mucho por Pontilas, pero el hombre obeso y calvo definitivamente no le gustaba. No le gustaba la manera como trataba a su caballo, no le gustaba la manera como se relacionaba con las demás personas y no le gustaba la manera como trataba los libros que además había robado.

Entonces, tocó el paquete que llevaba debajo de su abrigo. ¿Qué significado tendría aquel día tan agitado, tan extraño y lleno de acontecimientos?

Un resplandor mágico

Ana no podía conciliar el sueño. Estaba tendida en la cama, con las manos entrelazadas detrás de la cabeza y miraba por la ventana. En la parte de atrás del jardín podía ver la punta del viejo manzano que parecía saludarla desde la distancia.

Se levantó y cerró la cortina. Se sentía frustrada, había pasado casi una hora limpiando con algodón, agua y jabón el hollín y la ceniza de cada una de las páginas del libro. Incluso había encontrado en Internet la escritura antigua en la que estaba impresa *La Isla de los Caballos Alados*, pero nada de esto le ayudaba pues, a pesar de todo el trabajo, la mayor parte del libro era ilegible. "… ir en dirección norte…", "llave" o "clave", imposible saber qué decía, porque donde debía estar la primera letra de la palabra había un pequeño agujero. "… deshacer la niebla", ¿qué significaría eso? Los fragmentos de texto que con dificultad había logrado descifrar no tenían ningún sentido y tampoco había nada parecido a un índice. Ana tenía la sensación de estar en un callejón sin salida.

¿Por qué el hombre obeso le había dado tanta importancia a ese libro hasta el punto de tener que robarlo? Y si las páginas que hacían falta fueran las más importantes, ¿cómo podría conseguirlas? Quizás Pontilas podría ayudarle, de hecho le había ofrecido apoyo cuando quisiera…

Ana suspiró, se deslizó hasta el escritorio y sacó el libro del escondite que le había hecho detrás de este. Lo había puesto a secar debajo del radiador de la calefacción y la cubierta y el papel se habían esponjado un poco por el calor. La humedad había desaparecido, pero ahora las hojas parecían un abanico y, a pesar de que le faltaban más de la mitad de las páginas, el libro ya no se podía cerrar. Ana presionó la cubierta con las dos manos, pero cada vez que las levantaba y la presión disminuía el libro se abría de nuevo.

Lo intentó una vez más y mientras oprimía miró a su alrededor y buscó en su habitación algo pesado para ponerle encima. El medallón se balanceaba en su cuello invitándola a usarlo sobre el libro. Considerando que sí era relativamente pesado, lo puso sobre su cubierta, pero no fue suficiente pues una y otra vez se rodaba.

La niña se dio la vuelta y tomó dos libros infantiles del estante que había encima de la cabecera de la cama, cuando miró de nuevo hacia el escritorio, se detuvo asustada y los libros se le cayeron de las manos.

El amuleto había empezado de nuevo a brillar tenuemente. Ana se acercó muy despacio al lugar donde estaban el libro y el amuleto. ¿Qué significaría esto? Hasta ahora el brillo de la joya solo había indicado peligro. Así había sido cuando estaban volando en medio de la tormenta y también en la biblioteca. ¿O no? Entonces se detuvo. ¡No! Este brillo era suave e intermitente, como en la biblioteca cuando se había acercado al misterioso libro.

—Eres una brújula, imprimes coraje… ¿Qué otros secretos guardas? —susurró y lo tocó con las manos temblorosas. Como si hubiera necesitado este último movimiento, el amuleto se rodó hacia la cavidad que había en la cubierta del libro. Lo que hasta ese momento Ana había

considerado una abolladura, era en realidad una figura hueca que se ajustaba exactamente a la forma del amuleto.

El cálido brillo del medallón iluminó toda la habitación con una suave luz dorada con visos color naranja.

—Ustedes encajan —murmuró, y contempló sorprendida lo que ahora tenía al frente.

Unos pasos se acercaban desde el pasillo.

—¿Ana? ¡Apaga la luz! Creí que estabas dormida hace mucho tiempo, mañana tienes que ir al colegio. —Oyó la voz enfática de su madre a través de la puerta.

—Está bien, mamá —exclamó Ana. El corazón le latía con fuerza.

Cuando quitó de la cubierta del libro el medallón, la luz se apagó como si alguien hubiera accionado un interruptor. Ana se quedó de pie en la oscuridad, luego se subió a la cama gateando y temblando de frío, por si a su madre, que aún estaba por ahí, se le ocurría abrir la puerta.

—¡Ay! —se le escapó un grito de dolor que, sin embargo, intentó contener lo mejor posible. Se había golpeado la espinilla con los dos libros que antes había sacado del estante. Mientras con una mano se frotaba la pierna, con la otra tomó los libros y los lanzó sobre la alfombra. Por supuesto, estos no fueron muy silenciosos al caer.

—¿Ana? —oyó gritar a su madre.

—Todo en orden, ¡buenas noches!

Tomó su osito de peluche.

—¿Viste eso? —susurró emocionada. A alguien tenía que contarle todo lo ocurrido—.

¿Viste eso? ¡Volvió a aparecer el resplandor! Y el amuleto encaja perfecto en la cubierta del libro, tiene la forma exacta de La Isla de los Caballos Alados y… —Ana bostezó con fuerza—. Y yo… nosotros tenemos que…

Sobre todo tenía que esperar unos minutos hasta que su madre se acostara, para poderse levantar de nuevo y seguir examinando el libro, pero la luz de la luna brillaba tan cálida y tenue a través de las cortinas, su cama estaba tan calientita y suave, y en sus brazos Teddy olía tan bien… que, a pesar de su emoción, dos minutos después se había quedado profundamente dormida.

***

Aunque durmió profundamente, no soñó. A la mañana siguiente, cuando despertó, aún estaba oscuro. El despertador advirtió que solo faltaban dos minutos para la hora de levantarse. Podía oír a su madre en la cocina haciendo ruido con los platos y sentía el olor a chocolate caliente. Se levantó de la cama y abrió el cajón de su escritorio. ¿Acaso había sido tan solo un sueño? No, el libro y el amuleto todavía estaban ahí y este aún encajaba en la cavidad de la cubierta e irradiaba su luz dorada con visos color naranja. Ana contuvo la respiración, todo esto era tan hermoso y extraño.

Por un instante estuvo tentada a llevar el libro al colegio, pero no quería ni imaginar lo que ocurriría si caía en las manos equivocadas. Así que solo se puso el pesado medallón en el cuello, cerró con llave el cajón y la escondió debajo de la planta que tenía en la habitación.

—¡A desayunar! —exclamó, de buen humor, su madre y en ese momento abrió la puerta. Una luz cegadora invadió la habitación—. ¡Buenos días, mi niña elfo!

Ana se sobresaltó y estuvo a punto de dejar caer la maceta.

—Mamá, no tienes que asustarme de esa manera.

—Qué bueno que pienses en tu planta, necesita con urgencia un poco de agua —dijo su madre, y le guiñó el ojo—. ¿Dormiste bien?

Ana refunfuñó un poco y, arrastrando los pies, se metió al baño.

En el colegio el día pareció no tener fin. Ana estaba distraída y un poco ausente y dibujaba en su cuaderno cadenas con joyas y caballos alados que después borraba de inmediato por miedo a delatarse. Al fin sonó la estridente campana y por nada del mundo Ana hubiera podido dar cuenta de lo que habían visto ese día en el colegio.

Tenía otras cosas en la cabeza: quería ir donde la pequeña Jule tan pronto como le fuera posible. ¿Le habría ayudado la infusión de hierbas durante la noche? Estaba realmente preocupada por su vieja amiga. ¿Debería quizás consultar al veterinario? Cada vez era más urgente encontrar la isla y ese era el otro tema que inquietaba a Ana y no la dejaba en paz. ¿Acaso no habían volado en dirección norte cuando por primera vez había sentido las pulsaciones del amuleto? Si su hipótesis era cierta, entonces en su búsqueda tendrían que seguir siempre al medallón: si se calentaba un poco, se encendía y comenzaba a vibrar, entonces iban por el camino correcto; pero si el calor aumentaba y empezaba a arder, anunciaba peligro. Ahora estaba completamente segura, el amuleto funcionaba como una brújula y, además, la pequeña Jule sentía en su interior hacia dónde había que ir para encontrar su hogar.

Ana tenía que comprobar esto de inmediato y lo haría con la pequeña Jule. Ojalá se encontrara lo suficientemente bien como para un nuevo vuelo.

Miró la hora en su reloj, ese día su madre trabajaría hasta más tarde y llegaría a casa tres horas después que de costumbre, de manera que tendría tiempo suficiente si salía ahora mismo, sin almorzar, iba directamente a las caballerizas y se ocupaba de las tareas escolares más tarde.

A Ana también le preocupaba la salud de la pequeña Jule durante el vuelo. Aunque tuviera

muchas ganas de emprender esta aventura, jamás haría algo que pudiera hacerle daño a su poni. Entonces, se hizo este propósito: si hoy no era posible volar, definitivamente no lo harían y ella no se sentiría frustrada.

Decidida, subió a su bicicleta metida en sus pensamientos. También existía la posibilidad de volar mañana o pasado mañana, pero el nudo que sentía en el estómago le recordó que lamentablemente eso no era muy cierto... Pedaleó cada vez más rápido, como si con esto pudiera ganarle al tiempo.

Al sentir su presencia, Jule relinchó despreocupada desde la distancia y alargó el cuello por encima de la cerca, como si pudiera reconocer a su dueña por el sonido de sus pasos.

Rescate en el aire

—¿Estás lista?

Estaban solas en el camino estrecho y arenoso del bosque. El suelo estaba congelado y no permitía trotar ni galopar, por eso la mayoría de jinetes del club de equitación entrenaban en el picadero. Sin embargo, para Ana y la pequeña Jule esto no había sido nunca un impedimento. Ellas salían siempre, sin importar el clima que hiciera, y hoy además el sol estaba radiante.

Ana asintió y se sujetó de un grueso mechón de la crin de su poni. La pequeña Jule introdujo sus alas en las aberturas de la manta, las desplegó en toda su amplitud y las batió con fuerza para tomar impulso. Empezó a galopar y después del segundo salto sus patas no tocaban el suelo. Estaban volando.

Se elevaban cada vez más y Ana disfrutaba el viento frío en su rostro. El aire le infló el abrigo y le despeinó el mechón que se asomaba debajo de su casco de montar. Con cada aleteo se oía el encantador susurro de las alas mágicas de la pequeña Jule. Ana hubiera querido gritar de alegría, era realmente emocionante. ¡Planeaban y volaban libres y livianas como las aves!

Ana admiraba el paisaje y por poco olvida que este viaje tenía un objetivo. En la distancia se veían las águilas marinas volando en círculo en busca de alimento.

—¿Hacia dónde te llevan tus alas? —preguntó, en contra del viento.

—¡Hacia arriba! —respondió Jule.

Al ascender y ascender, Ana sintió el zumbido del aire en los oídos. El cielo estaba claro y despejado y hacía cada vez más frío, pero esta vez se había puesto dos pares de medias de lana y sus botas térmicas de montar, además, el amuleto calentaba su pecho y podía sentir las pulsaciones del metal.

Miró hacia abajo e intentó orientarse, pero ya estaban muy lejos de todo lo que ella conocía. Sintió que el sol calentaba su espalda y luego advirtió que volaban en dirección norte. ¿Acaso no había leído en el libro algo acerca del norte?

¿Qué tan lejos tendrían que volar? ¿Debería haber empacado provisiones? En el bolsillo del abrigo solo tenía la barra de chocolate que le había regalado Juliane y un trozo de pan mordisqueado que le había quedado de la merienda. ¿Aparecería de pronto, ante sus ojos, La Isla de los Caballos Alados y entonces aterrizarían allí y todo iría bien?

De repente, apareció de nuevo un águila marina y Ana tocó con una mano el medallón, pero este seguía vibrando suavemente y aún se sentía cálido. Suspiró aliviada. El águila pareció ignorarla por completo, pues estaba concentrada en algo que había más abajo y, en un instante, se lanzó en picada. Ana oyó un arrullo y vio volar algunas plumas. El águila chilló decepcionada y dio un nuevo giro. Al parecer no había tenido suerte.

La niña se dio la vuelta sobre el lomo de la pequeña Jule e intentó buscar el pájaro que había sobrevivido al ataque del águila marina.

—¡Allá! —Era una pequeña paloma que daba tumbos en el aire. Parecía estar herida y Ana no tuvo más remedio que pedirle ayuda a Jule—. Vamos, tenemos que rescatarla.

La pequeña Jule se dirigió, obediente, hacia donde estaba la paloma, que aleteaba asustada y con gran esfuerzo intentaba sostenerse en el aire. Estaba claro que no soportaría otro ataque. En ese momento oyeron de nuevo los chillidos del águila marina y vieron su sombra proyectada sobre el cuello de Jule. Casi llegaban al lugar donde estaba la paloma. Con una mano Ana se sujetó firmemente de la crin mientras que, con la otra, alcanzó a atrapar a la paloma justo antes de que lo hiciera el águila. El movimiento sorpresivo y repentino hizo que Jule también empezara a dar tumbos en el aire.

—¿Es esta tu forma de agradecer? —chilló el águila, y pasó volando tan cerca de su cabeza, que Ana tuvo que agacharse—. ¡Tengo hambre!

A Jule le tomó un par de aleteos recuperar el equilibrio.

—Lo siento mucho —exclamó Ana, y apretó a la asustada y temblorosa paloma contra su pecho. Con valentía soltó la otra mano de la crin, tomó a la paloma entre sus manos, la puso debajo de su abrigo y subió la cremallera por completo.

Allí la paloma por fin se calmó. Ana buscó el trozo de pan que tenía en el bolsillo y lo lanzó hacia donde estaba el águila marina, tan alto y tan lejos como le fue posible.

—¡Toma! Lo siento pero no tengo nada más, La próxima vez te traigo un pescado, lo prometo.

El águila marina tomó con sus fuertes garras el trozo de pan y se fue volando.

Ana sentía contra su vientre los agitados latidos del corazón de la paloma.

Todo estaba en silencio.

—¿Y ahora qué? —Los pensamientos de Jule interrumpieron el silencio.

—Primero tenemos que ocuparnos de nuestra pasajera —propuso Ana.

—¿Entonces aterrizamos? Ana asintió con tristeza, pero decidida.

—Sí, aterricemos por favor.

Jule dio la vuelta trazando un círculo enorme.

Pasó un largo rato hasta que sobrevolaron de nuevo el bosque y aterrizaron sin ser vistas. Pararon a descansar un poco en la banca de un parque, mientras Jule mordisqueaba algunas briznas de hierba en el borde del camino. Respiraba con dificultad y tenía en los ollares una secreción amarilla, pero hasta el momento no había tosido.

Ana le ayudó a guardar sus alas debajo de la manta y le dio una zanahoria que encontró en el bolsillo de su chaqueta.

—Esta, en todo caso, no le hubiera gustado al águila marina —dijo sonriendo, aunque le dolían las piernas, y Jule asintió sin dejar de masticar.

La niña sacó a la paloma de su abrigo y la puso sobre la vieja mesa de madera que estaba frente a la banca.

—¿Estás herida? —le preguntó compasiva. La paloma inclinó la cabeza y la miró con sus grandes ojos.

—Nunca antes un ser humano había hecho algo así por mí —escuchó Ana, en un delicado arrullo.

La niña movió con mucho cuidado las alas de la paloma y luego la acarició.

—No hay nada quebrado —afirmó—, ¿te duele algo?

La paloma pareció negar con la cabeza. Se veía un poco demacrada.

—Tuviste suerte, te llevaré conmigo a las caballerizas —le propuso Ana—, allá tenemos suficiente avena y estoy segura de que te gustaría comer algo, ¿o no?

Todavía aturdida, la paloma se dejó meter de nuevo dentro del cálido abrigo y Ana la sostuvo con cuidado. Jule trotaba despacio a su lado.

—¿Crees que íbamos por el camino correcto? —preguntó Ana después de un momento.

La pequeña Jule se detuvo y frotó su cabeza contra una de las patas delanteras. Se tomó un tiempo antes de responder.

—Me acordé de algo —dijo después de un momento—, algo que me dijo mi madre hace tiempo. Creo que tiene que ver con el amuleto: "tres piezas, cada una necesaria para las otras, pero deshacer la niebla requiere de algo más que valentía".

—Deshacer la niebla —repitió Ana pensativa—, eso lo leí en alguna parte.

El secreto de la paloma

—Quizás deberías volver a consultar el libro.

Ana miró pensativa: primero a la pequeña Jule y luego a la débil paloma a la cual había acomodado en medio de la paja en la caballeriza. Le puso un puñado de avena y esta empezó a picotear con avidez.

—No tienes que atragantarte, hay suficiente —dijo Ana, y miró con preocupación el cuello hinchado de la paloma, que impasible seguía comiendo.

—Jule, ¡di algo, por favor! —exclamó Ana con el ceño fruncido, dirigiéndose a su poni que disfrutaba arrancando y masticando el heno.

—Yo tengo espacio para mucho más en el buche —dijo con voz aguda la paloma—, es mi bolsa de provisiones y siempre la llevo conmigo. Cuando estoy en casa puedo compartirla. —Y con la cabeza inclinada miró a Ana quien se había sentado con cuidado sobre la paja.

—El otro día ustedes por poco quedan atrapadas en la tormenta —arrulló la paloma—, y no me escucharon.

—¿Eras tú? —preguntó Ana sorprendida y se mordió el labio inferior.

—Sí, hoy tú me salvaste la vida —afirmó el ave—. El águila marina no es mala, solo responde a su naturaleza.

—Eso ya lo había oído antes. ¿Ustedes los animales son siempre así de… tolerantes y comprensivos? —dijo Ana, sin saber si había usado las palabras adecuadas.

—Pacientes, tolerantes y quizás comprensivos con los seres humanos —agregó la pequeña Jule y luego tosió.

—Ustedes interpretan desde su propia perspectiva lo que ven —explicó la paloma. En ese momento sacó del buche algo que parecía un pequeño guijarro—. Este es un regalo para ti, lo tenía conmigo desde nuestro último encuentro.

Ana lo tomó, dudosa.

—¿Qué es esto?

—Eso lo tienes que descubrir tú misma, yo soy solo la portadora. Los defensores de los elementos

me lo entregaron especialmente para ti —dijo, mientras se sacudía.

—¿Los elementos? —preguntó Ana, casi sin voz. ¿Ahora qué significaría todo esto?— ¡Espera! Por favor, dime…

La paloma agradeció de nuevo la avena y voló hasta la ventana de la caballeriza. Allí se detuvo un momento, sacudió una vez más las plumas y emprendió el vuelo.

Ana miró desconcertada a su poni y luego miró el pequeño guijarro que tenía en la mano. No era una piedra, era... una perla.

—De eso también me habló mi madre —comentó Jule, y arrancó un poco más de heno de la paca.

—¿Mmm? —murmuró Ana, y abrió los ojos sorprendida—. De eso no me habías contado una sola palabra.

—No estaba autorizada —respondió Jule sin dejar de masticar con gusto su heno—. Solo cuando encuentras el camino por ti misma lo puedes transitar.

—Pero, ¿para qué es la perla?, ¿quiénes o qué son los defensores de los elementos? ¡Jamás había oído hablar de eso!

—Lo mismo digo yo —afirmó Jule, arrancó un poco más de heno y miró a Ana con expresión inocente. La niña tuvo la impresión, una vez más, de que su poni alado se estaba burlando de ella.

—Así que la perla está relacionada con el camino. ¿El camino a la isla?

Ana hizo rodar la perla entre sus dedos, la examinó contra la luz y la raspó un poco con la uña.

—Es una perla común —determinó.

—Si así lo crees...

Ana estaba convencida de que si la pequeña Jule fuera un ser humano, en ese momento habría alzado los hombros. Jule jadeó y tosió de nuevo.

—Fue un día pesado para mí, estoy cansada.

—Y, sin más comentarios, se dejó caer sobre la paja, acomodó la cabeza y cerró los ojos con sus párpados de largas y sedosas pestañas.

Sin comprender nada, Ana miró a Jule, quien cayó en un profundo sueño y unos instantes después, incluso, ya se había dado la vuelta.

—¿Cómo puede uno quedarse simplemente dormido?

—¡Ya ves! —dijo de repente una voz firme y decidida desde la caballeriza vecina, y una cabeza se asomó con curiosidad por encima de la pared de madera—. A mí siempre me hace lo mismo cuando estoy contándole, una historia.

—Ay, Fenja —suspiró Ana, guardó la perla en el bolsillo de su *jean* y, con la mirada ausente, le acarició la frente.

***

La madre de Ana aún no había llegado a casa.

Aliviada, puso en un rincón la maleta con los libros del colegio, levantó la maceta y tomó la llave. La planta tenía las hojas dobladas y la tierra estaba reseca. Ana introdujo la llave en la cerradura del cajón y dudó un momento. Sintió remordimiento con su planta y antes de poner sobre el escritorio el libro, el medallón y la perla, corrió al baño a traer un poco de agua.

Se sentó para observar con curiosidad si ocurría algo, pero nada sucedió. Se levantó de repente y, para mayor seguridad, cerró con llave la habitación, luego se arrodilló sobre la silla de su escritorio y, nerviosa, se mordió el labio inferior.

Tomó el libro y buscó el pasaje donde había leído las palabras "... deshacer la niebla".

En el momento en el que había intentado descifrar la escritura antigua esto no había tenido ningún sentido para ella, pero ahora... Quizás encontraría alguna otra información importante en el libro carbonizado. Hojeó un poco y deletreó algunas palabras, pero siempre encontraba solo palabras sueltas o fragmentos incompletos por descifrar.

Decepcionada, cerró el libro y pasó la mano con suavidad sobre la cubierta donde estaban la cavidad y la imagen de la isla.

—Ay, pequeña Jule. —Suspiró recordando a su poni. Se veía tan cansada, pero no era un cansancio del que se pudiera recuperar simplemente con un par de horas de sueño—. Estás tan serena, pero, ¿qué va a ocurrir si no encuentro la solución a tiempo?

Respiró profundamente y examinó los tres objetos que tenía frente a ella: el libro, la perla, el medallón...

—Tres piezas, cada una necesaria para las otras... —murmuró a media voz—. ¡Pero esto no es suficiente! —exclamó, y se agarró la cabeza.

La puerta de la casa se cerró y Ana oyó en el pasillo los suaves pasos de su madre.

—¡Ya estoy en casa, querida!

—Yo también —dijo Ana, distraída, pues seguía imbuida en su tema—. Después de tres viene cuatro... cuatro... cuatro elementos. ¡Cuatro elementos! ¡Eso es!

Se levantó de un salto y empezó a caminar impaciente de un lado a otro de su habitación.

—Existen cuatro elementos: fuego, agua, aire y tierra. O incluso cinco: madera, fuego, tierra, metal y agua. —Una vez más examinó las tres piezas que tenía sobre el escritorio—. La perla viene del agua, el libro es de papel... ¿madera?, ¿tierra? —reflexionó, y miró el libro con hollín—. ¿Fuego? El medallón es de algún mineral, es decir, tierra o metal.

Se detuvo decepcionada.

—No puedo avanzar más... ¿Aire? ¿Qué viene del aire? Tienen que ser las alas mágicas de Jule... ¿Y? ¿Qué significa todo esto? ¡Esto no tiene ningún sentido sin las páginas que faltan!

Se sentó de nuevo y movió los tres objetos para poder apoyar los codos sobre el escritorio. Frustrada, recostó la cabeza.

Un instante después, empezó a jugar con las piezas como si se tratara de un rompecabezas. Puso el amuleto en la cavidad de la cubierta del libro y de inmediato la luz dorada con visos color naranja invadió la habitación. Ana empezó a llorar, no podía evitarlo, las lágrimas simplemente irrumpían. La perla empezó a rodar y se cayó de la mesa, Ana se agachó y, al recogerla, se golpeó la cabeza con el escritorio. Con los ojos cerrados puso la perla sobre el libro y se frotó la cabeza.

Entonces ocurrió. La luz cambió sin que Ana, que seguía llorando, se diera cuenta. Primero sintió el calor en los brazos y luego oyó un sonido metálico, como si algo hubiera encajado. Abrió los ojos todavía inundados de lágrimas; el medallón emanaba calor.

—¿Peligro? —murmuró incrédula. La perla parecía derretirse y se incrustó en el centro del amuleto. Ana se asustó, ¿qué debía hacer? ¡Con seguridad eso no estaba bien! Pero el amuleto estaba tan caliente que no lo podía tocar sin quemarse los dedos. Apurada, miró a su alrededor en busca de algo que la protegiera del calor y le permitiera quitar del libro el amuleto metálico. Estaba ardiendo.

Cubrió sus manos con las mangas del suéter y tumbó el libro. Con el impacto sobre el piso de madera, el amuleto saltó fuera de la cubierta, pero seguía ardiendo. El misterioso medallón ardía al rojo vivo y vibraba. Sin embrago, no era esto lo que Ana contemplaba llena de asombro, con una mezcla de miedo y fascinación. Al caer, el libro había dejado al descubierto un bolsillo secreto que tenía en el lomo. Seguramente ese era el sonido metálico que acababa de escuchar. Al abrirse, salió rodando un papel amarillento cuidadosamente envuelto, que Ana desenrolló de inmediato.

—¡Es un mapa de La Isla de los Caballos Alados —exclamó con asombró—, una especie de plano general del lugar!

Con las mangas del suéter se limpió las lágrimas. Ahora tenía de nuevo una esperanza.